DESMODUS

DER VAMPIR UND DIE HUNDESCHUTZGESELLSCHAFT

Text und Zeichnungen
Joann Sfar

Farben
Walter

avant-verlag

   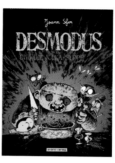  

Desmodus der Vampir und die Hundeschutzgesellschaft
Text und Zeichnungen: Joann Sfar
Farben: Walter

Seht mal, seit jeher haben Hunde für alle Welt als Trostspender hergehalten. Aber so, wie die Dinge sich nun mal entwickelt haben, schaffen es die Hunde einfach nicht mehr. Sie sind bei ihrem Job völlig auf der Strecke geblieben, es funktioniert nicht mehr. Wenn man sich klar macht, daß sie schon seit Ewigkeiten mit dem Schwanz wackeln und Pfötchen geben müssen, ist es kein Wunder, dass sie die Schnauze voll haben …

Romain Gary

1. Auflage: 2007
ISBN: 978-3-939080-22-0
Herausgeber: J. Ulrich, avant-verlag, Rodenbergstr. 9, 10439 Berlin, info@avant-verlag.de,
www.avant-verlag.de
Übersetzung aus dem Französischen: Jana Lottenburger
Lettering: Maya Della Pietra und Tinet Elmgren
Lektorat: Filip Kolek
Korrektur: Maximilian Lenz

In dem alten Haus spukten die Gespenster wie gewöhnlich.

BUUUUU!

Ein kleiner Junge war auch dabei: ihr Freund Michael.

BUUU!

Und da war ein kleiner Vampir, der hieß Desmodus.

Ha!

Ha! Ha!

Hey, Jungs!

Und dann war da noch ein Geisterhund, der Fantomat hieß, weil er so rot wie eine Tomate war.

Ich will euch ja nicht stören, aber schon seit fünf Minuten klopft jemand an die Türe.

Wer denn?

Das sind ja Hunde.

Na und?

Kein Grund, sie nicht hereinzulassen.

Ja bitte?

Bitte lassen Sie uns hinein...

Wir werden verfolgt!

Bitte.

2

Also haben sich alle versteckt.

Da ist niemand, Doktor.

Ihr macht wohl Witze, da brennt doch Licht.

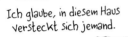

Ich glaube, in diesem Haus versteckt sich jemand.

Und jemand mit reinem Gewissen würde sich doch nicht verstecken, oder?

BOM! BOM! BOM!

Macht die Tür auf!

Vielleicht sollte ich mal nachsehen.

Und was willst du ihnen sagen?

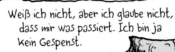

Weiß ich nicht, aber ich glaube nicht, dass mir was passiert. Ich bin ja kein Gespenst.

Und ... falls das doch irgendwelche Halunken sind, kommt ihr aus euren Verstecken und macht aus ihnen Kleinholz, ja?

4

6

7

Aber ich bin sicher, dass Desmodus genau das vorhat.

Ich möchte bitte, dass jemand den Kindern diskret folgt, um einzugreifen, falls nötig.

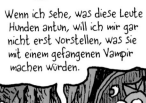

Wenn ich sehe, was diese Leute Hunden antun, will ich mir gar nicht erst vorstellen, was sie mit einem gefangenen Vampir machen würden.

Ich mach das, Madame Pandora. Ich hab ja meinen Tretroller.

Und wenn sie Desmodus auch nur ein Haar krümmen, zerreiß ich sie in der Luft.

Desmodus hat nicht viele Haare, Kurt.

Und ich verbiete dir, Gewalt anzuwenden, hörst du? Du mußt schwören, unbemerkt zu bleiben. Versprich mir das, Kurt!

CLING! CLANG!

Ja ja...

ROULROUL

Im Labor.

Jetzt ist alles verloren, Chef.

Seufz.

Sie werden uns wieder mit Lippenstift und Zahnpasta füttern, bis wir daran zu Grunde gehen.

Na ja, vielleicht werden wir im nächsten Leben ja zu etwas Besserem als zu Laborhunden.

Sie glauben an Reinkarnation, Chef?

Warum nicht?

Vielleicht war ich in einem früheren Leben eine Frau, die sich mit Lippenstift aus diesem Labor angemalt hat.

Und vielleicht bin ich als Kläffer wiedergeboren worden, damit ich mal sehe, wie das ist, mit Farbe vollgeschmiert zu werden, bis man dran krepiert.

Erzählen Sie uns von Ihrem früheren Leben als schöne Frau, Chef.

12

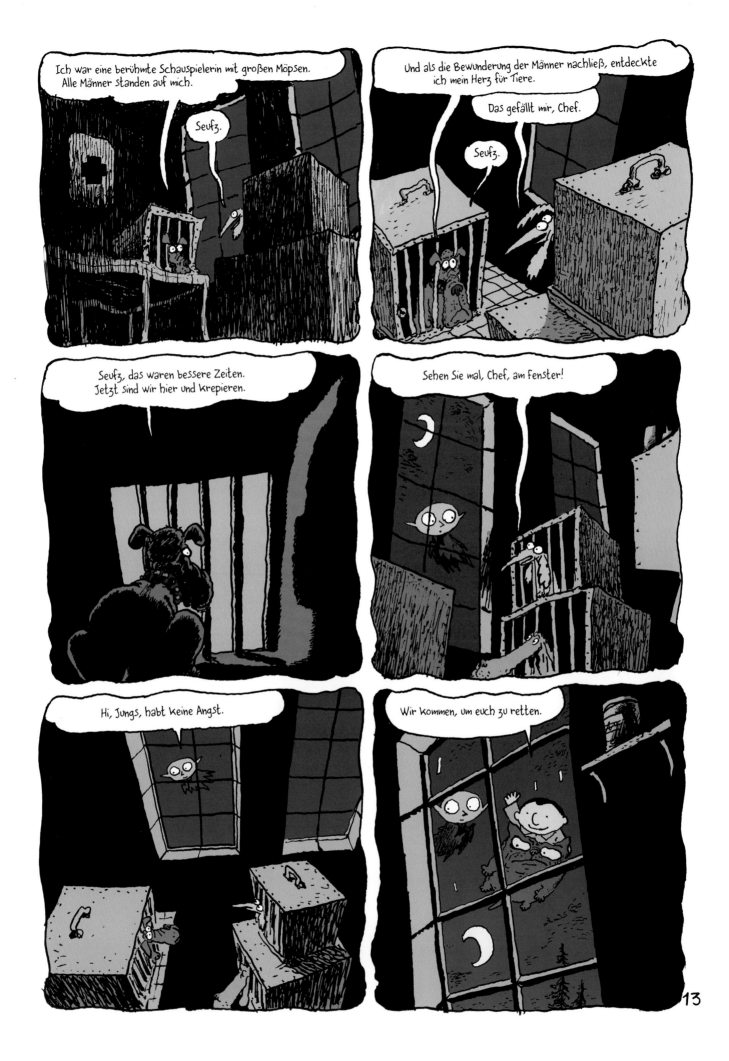

14

15

16

Befreie du die Hunde. Der Wächter hat bestimmt die Schlüssel.

O.k.!

Ich kümmere mich um Desmodus.

Nichts zu machen, er wacht nicht auf. Ich werde ihn von hier wegschieben. Hau ruck!

Krch.

Hey!

Unglaublich! Ein lippenstiftroter Hund.

Hilfe, Boss!

Der Hund! Bringt mir den roten Hund!

BLAM!

BLAM! BLAM!

BLAM!
BLAM!
BLAM!

Lern mal zielen, Blödmann. Ha! Ha!

Krch Pffh

18

Und so sind die Monster zu sich nach Hause gegangen und die anderen zu Michael.

Ich hab's!

Morgen in der Pause werde ich allen sagen, dass ich drei Hunde abzugeben habe!

Es werden sich schon drei Schüler finden, die Interesse haben. Eins der Mädchen bestimmt. Mädchen sind tierlieb!

Und so haben die Hunde wieder Hoffnung geschöpft. Sie haben sich nette kleine Mädchen vorgestellt, die sie kämmen und ihnen Markknochen und gemütliche Hundekörbchen geben würden.

Dann sind sie eingeschlafen, denn es war alles ganz schön aufregend gewesen.

Zz

Zzz

Zz

Schließlich sind alle eingeschlafen.

Zz

Zz

Zz

Und am nächsten Morgen, als die Oma gerufen hat, waren alle noch da: die Hunde, Desmodus und Fantomat.

Michael, Schätzchen, das Frühstück ist fertig!

...ja, Oma.

Kuckkuuuck! Du kommst noch zu spät zur Schule. Soll ich dir die Schnürsenkel binden helfen?

NEiN, Oma! Komm nicht hoch.

Siehst du, Arthur, der Kleine kann sich die Schuhe schon selber zubinden.

Wie schön, Liebling. Er ist eben ein sehr intelligenter Junge.

BABADA BUMM!

! ?

Machst du mir die Schnürsenkel zu, Oma?

Heute dürft ihr nicht in mein Zimmer gehen, Oma und Opa.

Da ist zuviel Unordnung. Ich räume heute Abend auf.

Bis nachher, Schatz.

Sei fleißig.

Es stört mich überhaupt nicht, dass Michael dich eingeladen hat. Aber Hunde auf dem Bett, das kann ich nicht haben. Runter da!

Der da gehört mir, Madame. Die anderen haben wir gefunden. Sie bleiben nicht hier.

Sag mal, mein Kleiner, solltest du nicht in der Schule sein?

Nein, ich bin krank.

Stimmt, du siehst wirklich sehr kränklich aus.

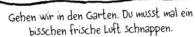

Gehen wir in den Garten. Du musst mal ein bisschen frische Luft schnappen.

Nein, nein, ich darf nicht zu viel an die Sonne.

Gut, dann werde ich dir eben ein Hemzalleh mit Konfitüre und eine schöne Tasse Kaffee machen.

Haben Sie vielleicht auch Kakao?

War das etwa der Hund, der gesprochen hat?

Nein, das war ich, ich bin etwas heiser, Madame.

Du bist ja wirklich in einem schlimmen Zustand. Sehr warm angezogen bist du auch nicht. Mein Mann wird dich untersuchen. Er ist ein sehr guter Arzt, du wirst schon sehen.

Arthuuuuur!

PRAXIS

Ja, Liebling.

Hier ist ein Freund von Michael. Er ist sehr krank und muss untersucht werden.

AXIS

Stimmt, er ist ja ganz grau. Wie heißt du, mein Junge?

Desmodus, Monsieur.

Komischer Name. Woher kommt er?

24

Einmal tief einatmen.

Hm... das ist seltsam.

Mein Stethoskop muss kaputt sein.

Ich kann keinen Herzschlag hören.

Mh... also wirklich...

Deinen Blutdruck kann ich auch nicht messen. Man könnte fast meinen, dass du kein Blut in den Adern hast.

Ich glaube, wir sollten dich zu einem Spezialisten bringen, Kleiner. Wo sind deine Eltern?

Ich will nicht zum Arzt, Monsieur.

Ich bin nicht krank. Ich bin ein Vampir. Ehrlich.

Glauben Sie mir nicht?

Mir geht es bestens. Ich bin bloß eben ein Vampir.

26

27

GROSSE VERSAMMLUNG DER HUNDESCHUTZGESELLSCHAFT

... kurz gesagt möchte ich euch ganz herzlich danken, dass ihr diese Hunde bei euch aufnehmt.

KLATSCH! KLATSCH! KLATSCH! KLATSCH!

Die drei Mädchen, die diese Tiere adoptiert haben, bewiesen ihr großes Herz, vor allem Sandrina, die den Kleinen mit den gelähmten Hinterbeinen aufgenommen hat.

Auf den ersten Blick sehen diese Hunde nicht so toll aus, aber ihr werdet sehen, mit Liebe und ein bisschen Seife kann man sicher was daran ändern.

Im Namen der Hundeschutzgesellschaft lade ich euch jetzt ein, mit einem Becher Limonade auf die Freundschaft anzustoßen.

Klatsch! Klatsch!

Klatsch!

Klatsch!

...E VERSAMMLUNG DER ...CHUTZGESELLSCHAFT

bla bla bla

bla bla bla

bla

Alles klar, Chef?

Und wie! Ich bin bei Reichen gelandet. Sie haben einen Garten mit Pool und ich darf drin schwimmen und kann in die Blumen pullern.

Und ich darf fressen, was ich will.

Bei mir ist es auch super. Meine ist die Tochter des Zoodirektors. Da sehe ich viele Tiere und kann mich weiterbilden.

28

Joann Sfar, am 23. April 2001. Desmodus kommt wieder in „Desmodus und die Kaka-Suppe". Und verpasst nicht „Die Katze des Rabbiners".